Alda Batista e Carlos Cardoso

D1724141

Somos Todos Primos

Um diálogo de emoções

CHIADO
EDITORA

Brasil | Portugal | Angola | Cabo Verde

Os nossos agradecimentos

Agradeço em primeiro lugar a meus pais, por me terem demonstrado a importância dos verdadeiros valores humanos, e a meus filhos, cujo carinho me sustenta todos os dias da minha vida. Agradeço em seguida à minha família próxima e aos meus amigos, que apoiam as minhas iniciativas e me incentivam a ir sempre mais além. Em particular agradeço ao meu primo que, na minha juventude, me ofereceu o "Livro em Branco", onde grafei muitos dos escritos que aqui vos ofereço, e àqueles amigos que liam os meu rabiscos e me incitavam a divulgá-los. Agradeço finalmente ao Carlos Cardoso, desconhecido que se tornou irmão, pela sua proposta de parceria e por ter sido o garimpeiro (metáfora dele!) que trouxe o minério dos meus versos para a superfície.

Alda Batista

Agradeço primeiramente a Deus, por essa dádiva e por me fazer do jeito que sou. Em seguida, os meus agradecimentos irão para a minha mãe, por me ter concebido, para todos os que direta ou indiretamente contribuíram para a minha educação, para a minha esposa e os meus quatro maravilhosos filhos. Agradeço a todos os que acreditaram em mim e me vêm acompanhando nesta jornada. Agradeço aos meus amigos, aos leitores e à equipa que sempre me acompanhou nos lançamentos do livro "Poesia para Todos". Meus agradecimentos também aos grupos culturais, aos músicos, aos apresentadores, às associações, às rádios, televisões e jornais, a todos os que contribuíram para a divulgação das minhas atividades. Espero contar sempre com o vosso apoio. Bem hajam! Eis o livro "Somos Todos Primos – Um diálogo de emoções". Muito obrigado, meus primos no mundo inteiro!

Carlos Cardoso

Ambos agradecemos às empresas Keraf, My One e Somos Todos Primos, Lda, pelo seu patrocínio.

Não é vendo figuras
Que decifrarás poesias.
Escrevi um livro
Sem gravuras.
Nele gravei a fantasia
Da minha vida de escravo.

Carlos Cardoso

Não são palavras o que aqui vos deixo.
Cada letra uma lágrima, uma gota de sangue,
Cada verso um grito desesperado, um lamento,
Uma ânsia pelo complemento, a esperança
Do porvir, o vibrar do sentir, a pele em brasa,
Sensações exacerbadas, sem pudor nem contenção.

Não são palavras o que aqui vos deixo.
Em cada estrofe declama minha alma
Tormentos e alegrias, sonhos que já vivi
E outros que apenas tenuemente entrevi.
Em cada poema vos oferto, vos desnudei
O ser recôndito que nunca compartilhei.

Alda Batista

Índice

O fruto expectado

Não acredito no acaso, nem tão pouco em coincidências
Se a vida rebuscou, por caminhos arrevessos e cruzados
Que, ainda estranhos, partilhássemos nossas essências
Algum fito se perfilava para unir percursos tão separados.

Eu idem,
Acredito que o futuro
Algo consagrado para nós tem,
Ávido expecto pelo fruto!

Neste mundo seco e áspero, subalimentado de sonho
Povoado de hipocrisia, maléficas ambições e aparência
Eis que surge a poesia, alimento para a alma e o corpo
Que esses defeitos denuncia na sua inefável inocência.

Ninguém esmolou para cá alçar
nem tão pouco para a morte caminhar
Mas todos deviam um amanhã melhor
Construir na ausência da dor
Vivendo juntos em harmonia
Até chegar esse dia!

O futuro almejado é este presente vibrante de fulgor
O fruto expectado, a partilha nesta língua que é nossa
De esperanças, vivências e sentimentos, sem pudor.
Poesia, brotando da nossa alma para deleitar a vossa.

Alda Batista / Carlos Cardoso

Somos todos primos

Preto...
Damos esse nome a tudo que é ruim,
Será racismo? Preconceito?
Eu não sei!
Talvez simplesmente um conceito
Criado por alguém e não por mim.
Somos todos primos
Assim pensei.

Palavra negativa
Nem sempre é indesejada,
Há momentos na vida
Que a preferimos ter como resultado
Dos nossos exames, e não o vermelho.

Branco...
O símbolo da clareza
E da transparência!
Será? Será?...
Não será apenas aparência
Usada pelo mesmo pensador,
O inventor da impureza
Da minha cor?

Preto...
A cor de que revisto a minha alma
Quando ela em chama
Sofre a frieza
De como é tratada
A minha raça.

Não é racismo!
O que é, também não sei,
Somos todos primos
Foi o que pensei
Sem grande esperança!

Seja preto ou branco
Coloquemos o preto no branco,
Somos todos iguais
Supostos animais racionais
Ferozmente defendendo
O seu território de igualdade
Com o uso de imaturidade,
Ignorância e petulância.

Governados pelo poder dos braços
Abandonando toda a sabedoria do berço
Trocamos palavras por armas.
Os que ainda as usam
São de doidos declarados,
Maltratados e atirados às larvas,
Muitas vezes até mesmo condenados
Pura e simplesmente por dizerem o que pensam,
Somos Todos Primos?!...
Por ainda não ser o fim
Eu acredito que sim.

Carlos Cardoso

A nossa casa

Somos primos em diálogo permanente
nesta língua e nesta história partilhadas
origem distinta mas destino comum.
Nosso fado crioulo escrito em português,
em língua mestiça ou língua emprestada
das culturas onde agora pedimos abrigo.

Esta é a casa onde moramos, nós dois,
e nossos primos da diáspora secular
em nossos quartos de aparência isolada,
o teu, mulato, de vivas cores garridas
o meu, mais pálido, sem cores definidas,
mas unidos no sentir do mesmo verbo luso.

Nesta moradia em perpétuo crescimento
a conjugar ritmos que unem continentes
e cheiros de cozinhas doces e quentes,
penetramos de novo as ondas dos mares.
De quarto em quarto nos vamos espraiar
juntos na língua que sabemos nosso lar.

Alda Batista

Mestiço

Na minha tentativa
De escrever uma narrativa
Investiguei, estudei
Até mesmo implorei.

De nada me adiantou
Tanto sacrifício.
Procuro um ofício
Para descobrir quem sou.

Muitos maldizem a vida,
Eu nem a tenho para maldizer.
A quem recorrer?
Se da minha vinda
Para este mundo miserável
Desconheço o responsável!

Sei apenas que sou mestiço.
Sou fruto
Da satisfação do pecado,
O resultado da perdição.
Minha mãe é negra,
Linda, charmosa e magra,
O seu feitiço
Contagiou meu pai de pele clara.
Nasci mestiço.
Vivo na escuridão.

Não sei donde vim
Nem para onde ir
Busco em vão
Um caminho para seguir,
Viverei eternamente assim
Sendo um mestiço
A obra da escravidão
O fruto do feitiço!

Carlos Cardoso

Poeta

O poeta nunca está sozinho
A sua inovadora mente
Tem sempre consigo
Imaginações capazes de transmitir a verdade
E para outros, necessidades solucionar
Revelando tudo quanto tem dentro
Para assim o mundo conquistar.

Poeta...é a água.
Os obstáculos, ele só os enfrenta
Em casos extremos,
Simplesmente os contorna
Sem atropelos.
Também é águia
Voando alto para questões próximas resolver
Na sua morte
Parte para bem longe
De tudo e de todos.

Carlos Cardoso

Poesia

Poesia é sentimento
Poesia é saber ver
É dar água ao sedento
Que nela vem aprender.

Há quem use e abuse,
Desta arte de revelar
E há quem se escuse
A seus poemas mostrar.

Quer seja prosa liberta
Ou versos soltos ao vento
Poesia é sempre oferta
Ou fruto do pensamento.

Rimar pouco importa
Não passa de reiteração.
As palavras são a porta
A passagem da emoção.

Alda Batista

Palavras

Palavras
o meu brinquedo preferido,
a arma que uso
nas minhas batalhas
do quotidiano.

Atingem, sem tocar,
ferem, sem sangrar.
não matam
mas destroem,
também despertam
e constroem.

Palavras, apenas palavras,
são lindas
quando bem empregadas,
te alegram ou te maltratam
dependendo de quem,
donde e de como vêm.
Te iludem
mas também te consolam.
Embora poderosas,
com um simples gesto
ou ato
são destituídas.

Carlos Cardoso

Mente de um poeta

Na mente de um poeta
O que se passa, nunca se sabe.
De olhos fechados, em sua volta
Enxerga o ignorado pelos normais,
Não que anormal ele seja
Ele é simplesmente em circunstâncias especiais
Mais um ser em alerta.

De prontidão vive sonhos
Negados pela realidade do seu viver.
Lembra-se e teme o galanteio vazio
Dos elogios que recebe sem necessidade.
A ansiedade, que na verdade
Não passa da obra dos seus neurónios,
Leva-o a falar e argumentar o inexistente
Para explicar a ausência dos prodígios
Que o leva ao delírio.

A mente de um poeta
É que nem a porta,
Vai e volta sem se deslocar,
Deixa sair e entrar,
Dependendo do seu estado.
Sem espaço para alojar ninguém
Serve para o mundo
Como a ponte de passagem
Para o seu futuro alcançar.

A mente de um poeta
Zela pela saúde da cultura
Embora não esteja à altura
De a cultivar noutra mentalidade
Ela tenta cativá-la
Com a mesma intensidade
A encaminha para essas diegeses.
Para haver cultura
Há que se ganhar o gosto pela literatura.
Para conquistar felicidade
Há que se ter liberdade
Tendo como chave a leitura.

Para ser poeta,
Basta ter coração
E uma humilde mente aberta!

Carlos Cardoso

Sublimação

Haverá no mundo maior maravilha
Que dor transformada em beleza,
Que sofrimento tornado poesia?

Alda Batista

Dádiva divina

Cada vez que a inspiração
Bate à minha porta,
Abro a janela
Do meu coração
E deixo-a entrar,
Como vulcão
Em erupção.

Suavemente, invade
A minha humilde mente.
Levando-me a nem tentar
O que está a se passar,
Entender.
Sem saída, dou por mim
Com papel e caneta
Brincando assim
Com as palavras e fantasias,
Pois eis a origem das minhas poesias.
Como um passe de mágica
A meu ver
É simplesmente uma dádiva
Divina.

Carlos Cardoso

A minha Fé

Agradeço a Deus
todas as manhãs
ao acordar,
feliz pelo que me deu
começo o dia correndo
em busca de pão
para o meu lar
alimentar.
Mesmo sem saber
como será,
espero no fim ainda ter forças
para continuar agradecendo.

A minha Fé me ensinou
sem vaidade
a conquistar felicidade.
Basta cuidar do que plantou.
O que faz de mim, quem sou,
Um pobre escritor.

Sou escritor
E um péssimo leitor.
Na escrita as palavras fluem
na leitura, elas somem-se
e o meu pensamento
num pesadelo
retorna por momentos
conduzindo-me ao tormento.

Sou poeta
sem inspiração,
nem imaginação,
a minha mente
é o meu universo
simplesmente.
Ao vento, nos meus versos
em silêncio, expresso
o vazio que preenche a minha alma
e me acalma.

Sou escritor
sem papel, nem caneta
guardando tudo na gaveta,
aguardando a hora certa
que nunca chega.

Carlos Cardoso

Não sou eu

Porque escrevo, perguntas.
É engano teu, quem escreve não sou eu.
São as ideias e os sentimentos
Que ressoam nas paredes do meu ser.

Em silêncio nascem e medram
E depois, amadurecidos, ansiosos
Prontos a desprender-se do tronco,
Não pedem mais do que emancipar-se
Pelas pontas dos meus dedos…

Alda Batista

Fama

Em busca da fama
O sucesso vivia passando de lado
De mãos dadas a ganância
Nem parava para um plano alcançar,
Esmagava tudo quanto mexia
E para tal bastava a má-língua
Num exato momento
Se desenrolar.

Bons princípios já esquecidos
E largado ao vento parado
Causava confusão
Provocada pela situação
Dos saberes aprendidos
No passado.

O mal não está na fama
Nem é do trauma
Ou da frustração, se o sonho
For manhoso.
É do famoso teimoso
Usando tudo e todos
Com um olhar risonho
Para sua realidade sustentar
Na fantasia incontrolável do seu pensar.

Carlos Cardoso

O meu despertar

Nas andanças da minha caminhada pela vida
Parei, quando comecei a compreender
O sentido do entender.
Descobri que os olhos veem
Mas a mente enxerga,
Os sentimentos nascem
Cabe-nos a nós decidirmos a sua sobrevivência.
Não é uma questão de inteligência
Nem por força das circunstâncias
Onde somos muitas vezes ao submundo
Pelos nossos próprios quereres, levados.

Mesmo sendo conhecedor do todo o alfabeto
Descobri que eu era ainda analfabeto.
De A a Z vivia na ignorância
Quando o mundo, mudar pretendia
Com a minha ingénua sabedoria.
Nas minhas andanças, busco atenção
Dos que já partiram
Para justificar a discórdia
Entre os que me rodeiam.

Até agora, não consegui assimilar
A convivência não existente
No nosso presente.
Se não o consegues melhorar,
Tenta não contribuir
Para o destruir.

Bens têm preço.
O universo tem valor.
Assim tanto quanto o amor.

Carlos Cardoso

Sinto

Sinto que sinto
O que não devia sentir,
Pois os sentimentos que sinto
São sentimentos sentidos,
Que sentem e me fazem sentir,
Isto que sinto.

Não me perguntem o que sinto,
Pois só sei sentir.
E não dizer o que sinto.

Alda Batista

Verdadeiro amigo

Espero não ser o único
Nem tão pouco mais um simplesmente
Talvez queira eu somente
Te manter na minha mente
Sendo teu amigo.

Na verdade, tudo o que quero
É o teu almejar satisfazer,
Certamente com a experiência
Da minha convivência,
Te trarei ao meu mundo
Se assim te der prazer.

Sou teu amigo
Nem imaginas o quanto,
Pois é tanto,
Que já perdi a conta.
Sendo um aventureiro,
Persistente e verdadeiro,
Embora não tão antigo
Sabes que mantenho
Aberta a minha porta.

Não pretendo falar de saudades
Sentir, sim, a tua ausência.
Os meus pensamentos
Nem mais desejo escutar
Levitando já cansado do que idealizo.

Só quero ser teu amigo
Nos períodos bons
E noutros menos.
Hoje e sempre
Oferecendo flores e bombons,
As tuas lágrimas enxugar
Seja lá qual for o porquê...
Com ou sem peso na consciência,
Presente estarei como um mendigo
Da tua amizade.

Carlos Cardoso

Abraço

Um simples e agradável gesto
Uma transmissão de sentimentos
Uma demonstração de afetos
Que nos faz sentir bem em qualquer momento.

Nos oferece proteção
Muitas vezes segurança
Outras, a satisfação
Sobretudo a esperança.

A felicidade de saber que temos sempre alguém
Que não importa por que razão
Nos estende a mão
E com ternura nos diz, vem cá, meu bem.

Por amor, consideração ou respeito
Seja qual for a ligação
É muito bom fechar os olhos e no peito
Usufruir da suave aproximação
E o calor do corpo
Que nos abraça com muita emoção.

Quanto mais forte e apertado
Maior é a convicção.
Uma sensação única
Um sabor especial
Contagiante e inesquecível
Que nos transporta a outra dimensão,
Ao mais alto nível
Sem nos deslocarmos donde estamos
Temos a impressão de que viajamos numa nave espacial.

Carlos Cardoso

Apelo

Ai amigo dá-me o teu ombro
A lágrima rebelde desprende-se,
Cai e rebenta desamparada
Na dureza agreste do caminho.

Entreguei a alma e o coração
Entreguei o corpo também,
Pois se não é entrega de corpo
Prescindir de sono e alimento
Para o sonho de outro abraçar
E nele sem delongas embarcar.

Ai amigo dá-me a tua mão
O sonho etéreo desvanece
Minado de sombras e venenos
Qual navio sem leme nem capitão.

Quero lutar pelo sonho que me foge
Combater a ingratidão e hipocrisia
Preciso, amigo, da tua lúcida razão
Norteando a escuridão da travessia.
Sê a bússola para a rota que perdi
Em mares de sargaços e tempestades.

Ai amigo dá-me o teu ombro, a tua mão,
Vem a minha lágrima rebelde enxugar.
Contigo encontrarei leme, serei capitão
Traçarei a rota e voltarei a navegar.

Alda Batista

Um fã amigo

Um fã amigo
Eu sempre te admirei
Levei a vida te procurando,
O engraçado nem havia planeado
Inconscientemente te encontrei
Simples, interessante, linda e inteligente
Amável amiga, teimosa na integridade.

Bati, abriste e entrei...
Tua impetuosidade
Atropelado fui,
Não caí por um fio,
Entretanto em pé, também não fiquei.
Dos teus lábios, as palavras quentes,
E o esplendor da tua voz.
As minhas ideias tropeçaram.
O arrepio causado pelo calafrio
Da tua expressão, causou-me ui.

Se é da dor ou do prazer
Nem cheguei a descobrir,
Simplesmente senti
Que algo havia sentido
Sem nada ter acontecido.
Para mim...
Bem longe do fim
A caminho ainda estamos...
Embora derrotado pela vitória
Vou conquistando a minha glória
Com amor e paz no coração.

Como não podia deixar de ser,
Alegria que sinto por te conhecer
Revela o valor de uma simples amizade.
Lutador incansável e imparável
O teu fã inevitável
Sempre em busca da tua felicidade.

Carlos Cardoso

Reacender

É o amor que me motiva.
Ele só que me conduz.
E quando firme pensava
que minha alma, ferida,
de tantos desencontros dorida
em mais crenças não creria,
ei-la que de novo reluz.

Do breu desponta nova chama
fresca e leve, fresca e pura
como uma pena, como uma pluma
de novo resplandecente o meu ser,
ousa a felicidade pretender,
e vês cintilante a minha alma,
deleitar-se no teu mar de palma.

Alda Batista

A primeira vez

Uma flor nos teus lábios
Um sorriso na tua mão
Um enlace quente e doce
Derreteu o meu coração.

Celebrámos juntos um dia
O verde da natureza
Fruto doce, apetecido
Era o amor com certeza.

Mão na mão, olhos nos olhos,
Desbravámos o caminho
Unidos, fomos atingindo
O que era impossível sozinho.

Alda Batista

Vagabundo afortunado

Vagueando pelo mundo
Onde tudo parecia mudo
Só o vazio preenchia a imensidão
Sofrida pela multidão.

Quando tudo me parecia perdido
Nesse paraíso desconhecido,
Vinda do nada apareceste
Para deste vendaval me salvar.
A floresta era densa e assombrada
Ao teu lado tudo fazia sentido,
O meu medo consumiste
Com um simples olhar.

Já é noite, hora de dormir
Sem jeito, reparo no teu jeito
Gostaria de fugir,
Mas não sabia para onde ir.
Enquanto desfilavas pela caverna dentro
Com as tuas pernas nuas
Aumentava o meu desejo de ti.
Nas gretas da gruta
Entrava o esplendor da lua
E nos meus ouvidos sussurravas,
Sou toda tua...
A tua voz sensual despertou-me.

Hoje, somos tu e eu
Como Julieta e Romeu,
Sem mais demora
Juntei meu corpo ao teu,
Deixando a emoção falar
Me perdi nos teus encantos.
Nem sei se reparaste,
Lá estou dentro de ti
Viajando nos teus beijos.

Atropelado embora
Pelo que senti
Não quero mais parar!
Não me peças para o fazer
Nem me tentes interromper
Quero para sempre te amar.

De repente o luar sumiu.
Em melodias o relâmpago assumiu,
Torrencialmente lá fora chovia.
Cá dentro a temperatura subia.
Os nossos corpos transpirando
Unidos pelo fogo da paixão
Rebolaram pelo chão
Até ao amanhecer!

Carlos Cardoso

Amor

Desejei uma estrela,
Obtive o sol.

Quis uma acha,
Recebi a fogueira.

Pedi um livro aberto,
Deste-me a palavra mais complexa
Que alguma vez pude sentir!

Prisão sem grades,
Liberdade com portas a abrir!

Alda Batista

Beija-me

A noite recolheu-se cansada, delirante
é a alvorada que se instala, expectante
o meu ser desperta nessa terra de ninguém
onde noite e dia se encontram no além
para de novo sem remédio se apartarem.

Nos braços de Orfeu teu corpo distendido
buscou e encontrou seu descanso merecido
depois de, em incessante desvelo fogoso,
saciar minha profunda, infindável paixão
que une em um só alma, corpo e coração.

Beija-me, grita meu corpo, e sem pudor
a teus lábios surpreendidos e seu calor
à tua língua humedecida, meu doce amor
ofereço outros lábios, grandes e pequenos
de que, desperto, tomas a posse e o sabor.

Alda Batista

Ao alvorecer na floresta

Ao amanhecer, na gruta
A aurora
O nosso amor consagrou.
Já é dia,
O sol radiante penetrou
Enquanto ainda dormia
A minha terna amante
Solene e profundamente.

Ao som do chilrear das aves
E do turbilhonar das águas da cascata
Com meus lábios nos dela
A despertei!
O brilho dos seus olhos verdes
Me ofuscou.
Bela e encantada,
Deusa da floresta,
Felizmente te encontrei.

Em tom baixinho
Chamaste-me menino.
Não neguei
E com jeitinho
O meu leito te entreguei.

Minha dócil amada
De mãos dadas sem preconceito
Somos o par perfeito
Nessa infinita caminhada.

Carlos Cardoso

Dentro do teu beijo

A alvorada encontra-me perdida,
dentro do teu beijo, humedecida
nos meus lábios e seus recantos
tão perto de Vénus e seus encantos.

Ofereces-me a frescura do teu ser
Incontida a força do meu arder
Deleitada, eu já não estou ali
afogueada, ganhei asas e parti.

Perdi-me viajando no teu beijo,
com meiguice fruíste do ensejo,
guiaste-me docemente pela mão
e trouxeste-me até teu coração.

Alda Batista

Quero

Quero ser janeiro
Numa noite de lua cheia!
Ser possuída pelo mundo
E, como uma gata com cio,
Roçar-me pelos muros,
Até sentir na pele
A intensidade do querer
Ou a força da paixão.

Quero ser março
No desabrochar de uma flor,
Abrir-te a porta, meu amor
E voltar a sorrir.

Quero ser nenúfar
No teu lago de água pura,
Fechar-me quando o sol desaparece,
Dentro de mim nasce a lua.

Alda Batista

Negra

Tens um rosto como ninguém
A tua beleza enxergo do além,
Dona de um sorriso incomparável
Nada do que já havia visto, inigualável.
Cor de chocolate puro, de aparência assanhada,
Na simplicidade do teu deslizar
As calçadas choram no compasso
Das melodias dos teus passos.

Tímida nem tanto
Nem tão pouco feia
Quando passas, provocas conversa alheia
Entre os vizinhos e visitantes espalhados pelos cantos
Murmuram, murmuram,
mas ninguém algo que presta diz
Um bando de fofoqueiros, que nenhum dia foi feliz.

Minha negra,
Tímida nem tanto,
Quando passas, fazes parar o trânsito
Causando caos nas ruas
Já por ti atravessadas
Com as tuas pernas nuas.

Carlos Cardoso

O teu sorriso

Quando tu sorris viajo no tempo
até àquele momento divinal
em que o teu sorriso me iluminou
pela primeira vez.

Foi raio de sol, relâmpago celeste
estrela cadente ou faísca encantada,
O que sei eu? Foi tudo e foi nada.

Nesse momento enfeitiçada,
perdi-me de mim.
E encontro-me de novo
cada vez que viajo no tempo,
porque tu sorris.

Alda Batista

Sabes?

Sabes que, um dia,
Ao olhar-te,
Sorri?

Sabes que, um dia,
Ao sorrir-te,
Te amei?

Sabes que, um dia,
Ao amar-te,
Chorei?

Sabes que, um dia,
Ao chorar-te,
Sofri?

E sabes também
Que, ao sofrer,
Vivi?

Alda Batista

Sonho vagabundo

Já vivi uma vida...
Já vivi num sonho
Que nunca foi meu,
Já nem sei quem sou eu,
Serei eu apenas um vagabundo
Em busca da felicidade perdida?

Quero encontrar-me em ti
Naturalmente sem perder-me.
Desejo pertencer-te
De longe ou de perto,
De tudo um pouco já vi
Apesar de pouca idade.
Também aprendi
A sentir saudade
Mesmo do que, um dia, me pertencerá.
Havemos de nos ver na intimidade
Sem ou com maldade,
Totalmente a sós
Dispensando os invejosos.

Essa fantasia
Servirá para mostrar
Que a vida não é vazia,
Quando temos uma razão
Para não deixar parar
O nosso coração!

Carlos Cardoso

You are my North
(tributo a W. H. Auden)

You are my North, my South, my East and West,
My working week and my Sunday rest.
You are my lighthouse in a tempestuous night,
You shine brighter than the brightest star,
You warn of peril when peril looms,
Your guidance is vital, your fading fatal.

Clouds, go away!
I need my light glowing every day.
You are my safe harbour and my only pier,
In you I dock my restless long travelled vessel,
Hurt by stormy rainfall, thunder and lightning
Destroyed bridge, lost compass, broken sail
I enter you and caringly you renew me afresh.

You are my promised land and my fertile soil,
In you I build my home and plant my trees,
I grow my crops and harvest their yield.
I have no hunger, no thirst that you do not appease
I need not more or longer, I have it all and forever.

Alda Batista

És o meu Norte
(versão portuguesa de "You are my North")

És o meu Norte, meu Sul, meu Leste e meu Oeste,
Minha semana de trabalho, meu descanso campestre.
És o meu farol em noite de tempestade,
Teu brilho ofusca a estrela mais fulgurante,
Avisas do perigo quando este se aproxima,
Tua luz é vital, teu desvanecimento fatal.

Nuvens, vão embora!
Preciso da minha luz cintilando pela vida fora.
És o meu porto de abrigo e meu único cais,
Em ti atraco o meu navio inquieto e perdido,
Ferido por tempestades, trovões e relâmpagos
Ponte destruída, bússola perdida, vela quebrada
Entro em ti e com ternura renovas a minha alma.

És o meu solo fértil e a minha terra prometida,
Em ti construo meu lar e planto minhas árvores,
Faço minhas sementeiras e colho o seu fruto.
Não tenho fome ou sede que não apazigues
Não preciso de mais ou de mais tempo,
Em ti tenho tudo, tudo e para sempre.

Alda Batista

Paixão incerta

Não é de hoje
Nem foi de ontem,
Simplesmente sei
Que jamais imaginei
Muito menos atrever
Um dia sonhar para além
Donde já alcancei.
A tua raiz perfurar,
O teu tronco abraçar,
Sentir o tremer
Da tua pele fria
Sofrendo de longe
O calor do sol que sentia.

Eu, somente eu
O fiel safado
Com a verdade
Na alma do Romeu.
O teu coração, usando doces palavras
Sem intenção, à loucura te levava,
Fazendo de ti a minha propriedade
Neste tão vasto mundo,
Onde nem eu sei a quem pertencia
Embora consciente da consequência.

Especulei e acertei
Atrevidamente decidi o teu vazio preencher
Nem te conhecia,
Mas da tua existência já sabia.

Na minha mente dia a dia vagueavas sem parar
Tanto lutei, muitas vezes desistir até tentei
De tanto esforçar, esqueci-me de lembrar
Como aprendi a conhecer-te.

Pois, não é de hoje
Do amanhã também não sei,
Nos momentos verdadeiros
As minhas fantasias
Bem perto do longe
Nas profundidades do talvez e do quem sabe
Quero eu viver ao tempo inteiro.

Perdido nas curvas do teu corpo,
E no aroma dos teus beijos me prender,
Sendo o escravo da felicidade
Numa cidade
Sob o comando
Do meu próprio reinado.

Carlos Cardoso

Saudades

Tenho saudades daqueles dias
em que abria a porta da minha alma
e te deleitavas no meu corpo
até que o ribombar do trovão
e a intensidade tépida da chuva
aconchegavam o nosso coração.

O cheiro adocicado e quente,
a voz ainda trémula de emoção,
o toque de quem teme perder,
o tempo que voou sem remissão.

Tenho saudades de, à despedida,
te afagar docemente o rosto e dizer:
Põe o sorriso no bolso para não o perder.

Alda Batista

Menina moça

Vejo-te passear
Durante o dia nos meus pensamentos
De noite nos meus sonhos,
Pela emoção me deixo levar.

No embalo do teu andar,
Dou por mim a navegar,
Enquanto desfilas pelo mundo fora,
Por ti, procuro embora.

Conheço-te do avesso
Menina direita,
A ti, daria a minha vida inteira,
Por ti, a minha alma dispenso.
És a dona do meu querer
Sem me conhecer
Eu felizardo de tanto te amar
Imperfeição não vejo no teu olhar.

Carlos Cardoso

Quero-me tua

O passado bateu um dia à porta
Fomos abrir e que descobrimos?
Que por mais que o tempo corra
Não mudou nada o que sentimos.

A tua voz em carícia doce e quente,
O teu olhar em sorriso apaixonado
Envolvem o meu corpo tremente
Acolhem meu coração abandonado.

Quero-me tua, quero-te meu
Sem barreiras nem restrições,
Quero azul e limpo o nosso céu
Sem sombras os nossos corações.

Abri-te a porta do meu passado
Contei-te a história triste, sofrida
De um velho amor morto, acabado
Que marcou outrora a minha vida.

Sem eu saber, sem querer ou desejar
Viste emoção, viste imensa tristeza
Que te fizeram duvidar do meu amar
E refugiar-te num silêncio de defesa.

Quero-me tua, quero-te meu
Sem barreiras nem restrições,
Quero azul e limpo o nosso céu
Sem sombras os nossos corações.

Perdoa-me essa mágoa que causei
Quem dera que a pudesse apagar.
Perdoa-me as incertezas que gerei
O receio de eu querer abandonar.

Recorda que nos meus olhos leste
Resposta a perguntas nunca feitas,
Bálsamo para dores que sofreste
Predição de ânsias enfim satisfeitas.

Quero-me tua, quero-te meu
Sem barreiras nem restrições,
Quero azul e limpo o nosso céu
Sem sombras os nossos corações.

Alda Batista

Olhar
(tributo a Eugénio de Andrade)

Não, não são ainda as noites de lua cheia
E o brilho das estrelas acariciando o céu,
Com Vénus a vogar pelo meio;

Não, não são ainda os bancos de jardim
Os lagos com nenúfares
E a flor a desabrochar;

Não, não são ainda as aves do verão
Embriagadas de azul
Beijando um raio de sol;

Não, não são ainda as carícias apetecidas
E o cheiro acidulado e cálido
Dos corpos antes do amor;

Não, não são ainda os paraísos prometidos
No infinito desvendado
Da descoberta do ser;

Não, é só um olhar!

Alda Batista

Amo-te

Já te disse que te amo
Tantas vezes, mas nunca
Te mencionei o quanto.
É tanto que já perdi a conta!
Há lágrimas de tristeza,
Há lágrimas de alegria,
Tudo o que quero
É que as tuas lágrimas
Se convertam numa cascata de felicidade,
Num oceano de maturidade,
Num céu de riqueza interior,
Sem saudades nem dor.
O que para ti tenho
É tudo o que para mim gostaria:
Amor, amor, amor....

Carlos Cardoso

O teu cheiro

Desejo o teu cheiro a inundar
o meu rosto e as minhas mãos.
Aquele cheiro que perdura
no meu tempo e no meu espaço
muito depois de teres partido,
que trespassa o meu corpo
para avassalar a minha alma.

Aquele cheiro que roubo
ao lençol onde deitaste
ontem, ardente e deleitoso;
lençol que agora jaz, cheiroso,
mas, vazio de ti, como eu,
não passa, triste e lamentoso
de um farrapo abandonado.

Alda Batista

Mulher

Mulher, mulher!
Já tive mulheres
De todas as cores
De várias idades
De muitos amores,
Casada carente, solteira feliz
Já tive donzelas e até meretriz!

Assim cantou
O Martinho da Vila
Que o mundo inteiro encantou;
Até na minha aldeia, faziam fila!

Mulher, mulher!
Tu és avó, tu és mãe, tu és filha,
Tu és amiga e também esposa.
És raposa que não repousa.
Mulher, mulher!
Tu estás em tudo
O que faz mover o mundo!

Do teu ventre, nasce o Ser
Só tu sabes o que é sofrer
Para sobreviver,
És a única que conhece o milagre do parto.
Na hora de dar a luz,
Só tu encontras a corrente que te conduz.
Na saudade, a fragilidade fala mais alto.

Mulher. Mulher, mulher!
Tu vives sofrendo
Para felicidade expandir
Tu choras para fazer sorrir,
Com ou sem medo
Serias capaz de morrer
Para fazer viver.
És incansável batalhadora,
A heroína do quotidiano.
Mulher. Mulher, mulher!

Carlos Cardoso

Os teus olhos

Os teus olhos estão brilhantes,
dizes acariciando de leve o meu rosto,
não imaginas o turbilhão de emoções
que abrasa o meu peito,
a imensidão de sensações
que afogueia os meus sentidos.

Os meus olhos estão brilhantes,
pela luz que conduziste à minha vida,
sonhos, projetos, ambições,
és o meu motor e eu o teu combustível
minha acendalha e eu tua labareda.

Os meus olhos estão brilhantes,
E o meu coração está aberto,
Acolhendo do teu todo o fervor.
Como posso recusar-te e partir
se mais brilhantes ainda do que
os meus, estão os teus, meu amor?

Alda Batista

Devoção

Por ti, tudo em mim se desvela,
Na essência pura dos sentimentos
Por ti, todo o meu ser se revela
Nos mais profundos pensamentos.

Quero o teu bem mais do que o meu
Da minha vida prescindia para ta ofertar
Até minha vontade, por vezes tão férrea,
Abrasa e se derrete no fogo do teu amar.

Alda Batista

Mulher solitária

Bem empregada
Invejável estabilidade
Uma privilegiada
Com pouca vaidade.
No maior rochedo da capital
Construiu a sua gruna.
No interior, um autêntico palácio real
O que a faz de rainha sem trono.
No entanto tem um mordomo,
O seu animal de estimação.

É solteira não por opção,
Na sua cidade
Apesar de grande capacidade
Só residem selvagens
Oferecendo poucas vantagens
Em coisas do coração.

Mulher solitária,
Dona de si e de tudo um pouco,
Ao seu redor enxerga o paraíso
Aparentemente alcançável por um sorriso
Permanecendo a um passo do seu salto.

Mulher solitária,
Muitas e muitas vezes viu felicidade
Entre os seus dedos escapar
Sem mesmo parar para pensar
Nem tempo para sentir ansiedade
Do que teria
Se não fosse solteira
A vida inteira!

Carlos Cardoso

Não

Não, não me digas que a andorinha não parte neste inverno
porque receia não regressar na primavera.

Não, não me digas que a fonte seu jorro travou
porque a nascente tem medo que as águas gelem ao sair.

Não, não me digas que a flor não desabrochou
porque teme a opulência do sol e a intensidade do vento.

Não, não me digas que a mãe secou no seu ventre
a esperança de um novo ser atemorizada pelo porvir.

Não, não me digas que o teu olhar límpido se assusta,
o teu coração se aterra e a tua alma se apavora
com a certeza do passado e a incerteza do futuro,
com a força avassaladora do amor e o terror de sentir.

Não, não me digas que o teu ser, por temor, fica em terra
e vê o barco da minha vida de novo partir.

Alda Batista

Moro ao lado

Moro ao lado,
Morei sempre ao lado.

Foi por isso
Que nunca bateste
À minha porta.

Alda Batista

Mulheres

Depois de um estudo presunçoso
Sobre as mulheres
Não cheguei a conclusão alguma.
Apesar de baixinho
Mantive a minha de sempre preferência.
Muitos gostam das baixinhas
Uns das morenas
Outros das loiras, ruivas
Até criam rivais.

Eu as vejo como mal necessário,
Cada uma com a sua qualidade e defeito
Dependendo do efeito causado no meu peito.

Partindo do princípio da lei ética
Eu por estratégia escolho as altas
Ao me encararem têm de abaixar a cabeça
Para me alcançar, terão de ajoelhar
E para me satisfazerem terão de se manter deitadas
Sem ter de fazer muita matemática.

Carlos Cardoso

Não quero ver-te não

Dizes que me queres, sou tudo para ti
Que o que sentes não é simples atração,
Que a tua vida queres comigo viver
Dizes que é profundo amor do coração.

Não quero ver-te não
Não quero olhar nos teus olhos
Não quero ver-te não
Teus olhos são minha perdição.

Falas doce: sou meu bem, amor, bebé;
ficas perdido se não sabes onde estou
queres aprender a gostar do que eu gosto
gostas é de mim, adoras tudo o que sou.

Não quero ver-te não
Não quero olhar nos teus olhos
Não quero ver-te não
Teus olhos são minha perdição.

Queres que seja mãe para teus filhos
Que para sempre seja quem te ama
Mas como queres tu que acredite, se
À noite uma esposa partilha tua cama?

Não quero ver-te não
Não quero olhar nos teus olhos
Não quero ver-te não
Teus olhos são minha perdição.

Alda Batista

73

Minha musa e meu poema

És a minha musa e o meu poema
O meu alfa e o meu ómega
O meu sol nascente e meu sol poente
A minha razão de existir
E a minha existência em si mesma.

Realças o melhor de mim
E o meu melhor encontra sempre
Formas de se melhorar para te deliciar
E desenvolver o mundo.
Temos convicções comuns
Temos objetivos comuns
Com a ajuda de um grande criador
Podemos construir um futuro melhor
Para as gerações vindouras.

És a minha musa e o meu poema
O meu alfa e o meu ómega
O meu sol nascente e meu sol poente
A minha razão de existir
E a minha existência em si mesma.

A vida fez-nos divergir,
Para depois convergir,
Sentimentos reforçados
Livres de materialidades,
Procuramos entrada novamente
No coração um do outro.
Nenhuma espada nos detém,
Nenhuma senha é exigida,
Porque na verdade nunca partimos.

És a minha musa e o meu poema
O meu alfa e o meu ómega
O meu sol nascente e meu sol poente
A minha razão de existir
E a minha existência em si mesma.

Alda Batista

Longe

De longe, muito longe
Em silêncio
E na imensidão do vazio
Nas profundezas da solidão
A tua voz simplesmente
Da minha mente, foge
Levando calmamente
O arbusto que no meu coração
Em alta velocidade ao desafio
Sem destino nem meta me conduzia.

Já se passaram tempos
Embora não tão poucos
Continuam gravados na minha memória
Todos os momentos que nos deram alegria.

Foi bom enquanto durou
Não tanto como o esperado.
A verdade é que está tudo acabado
Quando afinal nós devíamos nem ter começado.

Foste para bem longe
Tão longe que hoje
Dos meus olhos tudo se perdeu,
O que me restou
Foi dizer-te adeus...

Carlos Cardoso

Kizomba e Tarrachinha

Na África nasci
Vendo meus mais velhos
Dançarem puita, ússua, socopé
Até mesmo dêxa e djambi,
Ao crescer aprendi
A dançar funana só com um pé.

Na Europa só se falava
De valsa, *fox-trot*, *cha cha cha*...
Na América Latina,
A salsa, o merengue, o tango...
Eram os ritmos avassaladores
Que à loucura levavam
Os nossos bastidores.

Hoje, a febre é kizomba e tarrachinha
Aprende-se e dança-se
Em qualquer esquina
Em toda a parte do mundo loucamente.

O *boom* kizomba
Causou evolução
Para revolta de muitos,
Os passos básicos
Agora com tango à mistura
São devidamente ensaiados
E desenvolvidos em padrão.
Ela loira, ele crespo
Ou vice-versa

Logicamente começo até a perceber.
No sangue a técnica do crespo
Na mente da loira a disciplina
Diariamente ou semanalmente treinando
Nas pistas dos torneios,
São os que para casa levam os prémios.

Socialmente no salão
A tarrachinha é a rainha da animação,
Coxas com coxas se encontram
As quadrilhas fazem quadradinhos
Ao seu ritmo baixam-se e levantam
Fazendo ondas e passarinhos.

Kizomba e tarrachinha
São vírus que vieram
Unificar os nossos povos!

Carlos Cardoso

Dançando até ao paraíso

Ao entrever o fulgor inefável dos teus olhos
Sei que serei a tua parceira esta noite.
De novo faltaste, feliz, a um importante evento
Para atingir níveis mais transcendentais comigo.

A banda enceta os acordes de *New York, New York*
Um gracioso e elegante lento lento, rápido, rápido, lento,
Não partimos hoje, como na canção, deslizamos suaves
ao som de um encantado *fox-trot* nas nossas vidas.

Um, dois, três, presos num rodopiar contínuo
Subimos e descemos, em *chassé* e *promenade*
Viena ficou chocada antes de ser enfeitiçada,
Lento, rápido, ao ritmo de um Danúbio tão azul.

Deixa-me seduzir-te com o fervor da minha rumba
O meu tempo variável, o meu voltear sensual,
Finjo resistir à medida que impetuosamente avanças
Movimentas o teu corpo e tocas a minha alma.

Transformas-te num toureiro e eu sou a tua capa
Exibida, arrebatada, enrolada em teu redor.
Com confiança, prossegues conquistando terreno
Eu cubro, tu descobres, num impetuoso *paso doble*.

Tomas-me pela mão e os teus quadris balançam,
Dois três, *cha cha cha*, dois três *cha cha cha*.
Nos teus braços, ao teu lado, juntamente contigo,
Estamos a tornar-nos um, e dois, três *cha cha cha*.

O tango irrompe com as suas múltiplas expressões
Suas tonalidades de emoção, incontidas, incontroláveis;
Tangere significa tocar, o coração galopa, peito contra peito,
A imaginação voa, sem limites num estreito abraço.

Nossos corpos exprimem-se em rápidos ritmos de *rock*.
Tomo liberdades, delicio-te com passos inopinados
Maravilho-te com a minha brisa húmida e quente, rodamos,
Os nossos braços unidos e nossos corações entrelaçados.

Rebentam aguaceiros lá fora quando a tua hábil mão
Me guia incansavelmente para alturas encantadas.
O grande final aproxima-se, murmuras o meu nome
E tornamo-nos imortais nos braços um do outro.

A banda deixou de tocar.
A pista de dança está agora deserta.
Nós ficamos, dançámos até ao paraíso.

Alda Batista

Vúngu Santomé ku Plínxipe
(versão em crioulo forro de São Tomé e Príncipe)

Aiuê bua muê
aiuê êia muê,
bamu poiá puita nón,
fén favólô!

Puita sá vúngu Santomé ku Plínxipe,
nón na ká pô decé môlê fá ê.
nguê tamé sá Deçu mundo,
puita sá kwa ku nón bilí wê contlá.
nón na ká pô legué pê çón fá ê,
pôvô muê...

Bamu lantá opé ni çón,
pa nón flogá kwá di tela nón,
bamu poiá puita nón,
bua muê...

Bamu lantá opé ni çón
pa nón flogá kwá di tela nón,
bamu poiá puita nón,
êia muê...

Inen mina, n'unwa kantu,
malá pano, fé fila.
bamu poiá puita nón,
bua muê...

Inen móçu, n'ôtlô kantu,
lantá unwa opé klassón fé fila.
bamu poiá puita nón,
êia muê...

Cada unwa nancê,
dá ku opé ni çón,
baná món,
djingu ubwê,
bi lêlê ôtlô ê,
bamu flogá puita nón,
pôvô muê...

Zaó, kêkwá nón ká fé ê?
Bamu dá kumba lóda,
unwa, dôçu, tlêxi vê,
legá camía, pá ôtlô nguê.

Xê... Rapaz, ôcê non dança?
Xê... Piquena, espera, eu tou aquecê,
Você, non ta a vê, mê pé a mexê?
Ôcê tem pressa?

Quem non colou
com a sua mulhé?
non pode fiká chateado,
un puita, non tem escolhê.
calhou, calhou,
pá ambiente, fiká mais animado.

Carlos Cardoso

Música de São Tomé e Príncipe
(versão em português)

Minhas queridas,
meus queridos,
vamos apoiar a nossa puita,
por favor!

Puita é a música de São Tomé e Príncipe.
Nós não a podemos deixar morrer.
Os mais velhos são Deuses do mundo,
puita é algo que já existia antes de nascermos.
Nós não a podemos deixar cair,
meu povo...

Vamos levantar os pés do chão
para brincarmos ao que é da nossa terra,
vamos apoiar a nossa puita,
minhas queridas...

Vamos levantar os pés do chão
para brincarmos ao que é da nossa terra,
vamos apoiar a nossa puita,
meus queridos...

As miúdas num canto,
amarrem o pano, façam fileira,
vamos apoiar a nossa puita,
minhas queridas...

Os rapazes noutro canto,
levantem uma perna da calça, façam fileira,
vamos apoiar a nossa puita,
meus queridos...

Cada um de vós
dá com os pés no chão,
abana as mãos,
ginga o corpo,
vem ao encontro um do outro,
vamos brincar à nossa puita,
meu povo...

Então, o que vamos fazer?
Vamos dar uma coladinha e rodopiar,
uma, duas, três vezes,
deixando o lugar para outro tomar.

Oh... Rapaz, tu não danças?
Oh... Miúda, espera, eu estou aquecendo,
tu não estás a ver os meus pés mexendo?
Tu tens pressa?

Quem não colou
com a sua mulher,
não se pode chatear,
na puita não se deve escolher,
quem vier, vai,
para o ambiente ficar mais animado.

Carlos Cardoso

O pacto

Já reparaste como ela está incandescente?
Olhos cintilantes, pele radiosa, cabelo resplandecente,
Lábios magníficos, todo o seu rebolar deslumbrante,
A sua mente brilhante, provocadora, esplendorosa?

Já reparaste como está muito mais bonita?
Fantástica, jovem, sensual e atordoante?
Já reparaste como irradia força e confiança?
Poderia abater-te com um único olhar dos seus.

As mulheres que deixamos,
As mulheres que nos deixam
Deviam enfeiar, envelhecer, petrificar.

Ela encanta os homens mais encantadores,
Fascina-os com o poder da sua simpatia,
Ouvindo e compreendendo os seus anseios.
Ela poderia ensinar mas quer tanto ser ensinada.

Parece que ela fez um pacto com o malvado.
Não quis vender a alma, e do seu coração,
Secretamente escondido no teu peito calado,
Já ela tinha perdido para sempre a possessão.

Beleza perturbante, juventude estonteante
Recebeu ela no acordo; em troca, sacrificou,
O malvado menos não aceitou, a capacidade de amar
De novo como te amou; devotamente para sempre.

Alda Batista

Dispôs di sabi
(versão em crioulo de Cabo Verde)

Dispôs di sabura
Morti é ka nada.
Djam obi fladu,
Pá mi keli é um fadu!

Si nu podi vivi
Sem morti
Pamódi kori sê tráz?
Pá nu bem dêxa amigus
E famílias incapaz
Di trazenu di volta.

Nu ta odja jovens
xeio di vida, alegria
E fantasia
Ku juíz e kabesa
Dentru nuvens.
Pamódi pressa
Ês ka txiga sês kasa
Dispôs dum noitada.

Triste e duedu
Na mundu!
Dispôs di sabura
Morti é ka nada?

Sufrimentu, sufridu
Dor di perdi um amigu.
Triste, tristeza,
Pá forsa di natureza
Nu ka tem di volta
Kel ki bai sem revolta.

Nu podi vivi
Sem morti,
Nu pasa sabi
Nu konvivi.
Ka nu kori sê traz
Pá nu ka dêxa ninguém sem paz!

Carlos Cardoso

Depois da diversão
(versão em português)

Depois da diversão
Morte não é nada
Assim ouvi dizer
Cá para mim é conversa.

Se podemos viver
Sem a morte
Porquê correr atrás dela?
Para deixarmos amigos
E familiares incapazes
De trazer-nos de volta.
Vimos jovens
Cheios de vida, alegria
E fantasia
Com juízo e a cabeça
Nas nuvens.
Por causa da pressa
Não chegaram em suas casas
Depois de uma noitada.

Triste e doloroso
Neste mundo!
Depois da diversão
Morte não é nada?

Sofrimento sofrido
A dor de perder um amigo.
Triste tristeza
Que por força da natureza
Não temos de volta
Aquele que se foi sem revolta.

Podemos viver
Sem a morte,
Divertimo-nos
Convivemos.
Não corremos atrás dela
Para não deixarmos ninguém
Sem a sua paz.

Carlos Cardoso

Ciúme

Ciúme é dor que consome e corrói
Qual vendaval tudo consigo arrasta.
A paz almejada duramente destrói
Vítima de desconfiança tão nefasta.

Como podes no peito tal inimigo
Sem luta constantemente albergar?
Ciúme, meu bem, é amor perdido
Porque amor não pode ciúme tolerar.

No teu peito sinto o bater intenso
Por mim, por nós, pela nossa união.
Dá-me do amor o purificante incenso
Despede o vil ciúme do teu coração.

Alda Batista

Xintidu cansadu
(versão em crioulo de Cabo Verde)

Mi xintadu riba di pedra
Tá pensa na dia di manhan.
Bu txiga na mi,
Bu pruguntan:
Pá modi?
Bu flan,
Ka bu skeci dia d'oji.

Tempu tá pasa sô faxi
Vida é ka pá sempri
Kaminhu, é pá frenti,
Mas, pá nu bai dretu,
Nu tem ki xinti sabi,
Sem disgostu.

Nha irmon
Ka bu dêxa kuza
Toma konta di bu kurason
Nem di bu kabesa.
Bu vida, sta na bu mon!

Carlos Cardoso

Preocupação
(versão em português de "Xintidu cansadu")

Eu sentado em cima da pedra
Pensando no dia de amanhã.
Tu chegaste até mim
E perguntaste-me:
Porquê?
Tu disseste-me
Não te esqueças do hoje.

O tempo voa
A vida não é para sempre
O caminho é para a frente.
Mas, para irmos direito
Temos que nos sentir bem
E sem desgosto.

Meu irmão
Não deixes que o sofrimento
Tome conta do teu coração
Nem da tua cabeça.
A tua vida está na tua mão.

Carlos Cardoso

Comédia da vida
(tributo a W. Shakespeare)

Quando eu morrer, corram o pano,
Porque acabou a comédia.
Já terei representado
Todos os meus papéis,
Sendo eu mesma entre um e outro
Quando, em frente ao espelho,
Na solidão dos bastidores,
Me mudava para a nova atuação.

Representei tanto na minha vida,
Orgulhando-me de poder mudar
Que, no último ato, já não sabia
Se eu era eu, ou parte de alguma
Das outras personagens.

Alda Batista

Língua venenosa

Gritar para quê?
Se o silêncio fala mais alto,
a minha língua
é um veneno,
só meus olhos
me salvam da sentença
sem esperança.

Sabendo ou não porquê,
na boca do mundo ando,
sou quem sou,
nunca sei onde estou,
pois passo por toda parte
mas nunca chego
onde tenho na mente.

Carlos Cardoso

Pai

Não encontro outra saída
A não ser ficar empoleirado
Na certeza do talvez
Um dia pela traída
Vontade de uma só vez
Tudo deixar resolvido.

Esperas sempre mais de mim
Porque consequentemente o fiz até ao fim
Não hás de estranhar
Se um dia eu falhar.
Não serei obediente eternamente,
Tenho qualidades e também vaidades
Permito que as usem, mas não abusem.

Não tive um para me ensinar a sê-lo
No entanto, farei de ti um modelo
Que servirá não simplesmente no presente
Mas também no futuro
Contribuindo com o fruto
Colhido da minha plantação
Em prol da nossa nação.

Amar somente
É o lema do meu coração,
A minha mente aprendeu a enxergar
A hora da razão
Para evitar as lágrimas enxugar
Depois da deceção.

O tiroteio que escuto no meu telhado
São gotas de água que nos meus ouvidos
Penetram como melodias
Duma canção conhecida
Já dos tempos primitivos.
Os anos passam,
Mas há coisas que nunca mudam
E a chuva é uma delas...

Carlos Cardoso

Mãe

Volto a ti, doce mãe!
Abre-me os teus braços
Aconchega-me no teu seio
E mata-me a saudade
Que sinto abrasar meu peito!

De ti parti com esperança
A ti volto com saudade!
Saudade dos que ficaram,
Saudade dos que partiram
E dos que não me encontraram.

Acolhe-me no teu coração,
Dá-me a tua paz!
E depois…
Envia-me de novo para a luta!

Alda Batista

Presepadas da vida

Fui vítima da surpresa
Deixei-me ingenuamente
Levar pelas represálias da certeza
O que me levou pedagogicamente
Ao mundo real.

Confrontado com os pecadores
Condenei o pecado
Embora não pareça normal
Perdoei os causadores.

A lição de ontem
Não só me serviu de aprendizagem
Como também me apresentou,
Ao meu eu, dizendo quem sou.
Assim descobri como diferenciar
O que das pessoas espero
Do que elas têm para me dar.

Carlos Cardoso

Caminhante

Um caminhante passou,
Ao ver luz, parou.

Bateu à porta, tocou!
Mas ninguém abriu,

Pois a porta era espessa
E avariada a sineta!

Alda Batista

Quem sou?

Adiante, na minha caminhada sigo
Com destino ao futuro,
Presentemente pelo passado
Atropelado sou.
Vivo planeando para onde vou
Acreditando até me conhecer,
Não obstante a minha origem ignoro
Sem margem para dúvidas
A questão que me tira o fôlego
Sempre que lembro de me perguntar, é…
Afinal quem sou?
No percurso perder-me temo
Por querer ir
Se nem mesmo sei donde venho.

Carlos Cardoso

Uma gota

O vento vem devagarinho,
Batendo levemente no meu rosto,
O mar murmura baixinho,
Encobrindo o seu segredo.
A areia acata, complacente,
A suave vinda do mar.
O sol brilha, acariciante,
Emprestando o seu calor.

E eu, eu grito,
Revolto-me contra
A indiferença da Natureza,
Contra a sua imensidão
E a minha pequenez.
Grito porque compreendi,
Que sozinha nada sou,
Que os meus grandes problemas
São microscópicas exiguidades.

Grito porque ainda
Não aceitei o evidente:
Não sou mais que uma gota!

Alda Batista

A minha infância

Na travessia do oceano
Completo de incerteza
Mergulhei na esperança
De um dia a proeza
Conquistar sem amargura.
Tudo nem chegou a ser um sonho.
No percurso, atropelado fui pela natureza
Das presepadas em curso.
Filho da pobreza
Nascido e crescido
No paraíso,
Onde nem fome, nem miséria
Da população o seu sorriso
Em chamas apagaria.

Logo pela manhã em direção à padaria,
À porta já uma longa fila me aguardava,
Adormecido sem a janta
O pequeno-almoço é incerto.
Certamente quando a minha vez chegar
Não haverá mais pão
Para eu comprar.
Abanando levo a minha mão.
Sem saber o que para minha mãe dizer
Imaginando o que ela me irá fazer.

Pois na minha infância
Uns comiam o pão que o diabo amassou,
Para outros a refeição nunca teve hora.
Muitos viviam de aparência
E eu nem me lembro o que se passou.
Hoje vivo estou
Assim como uns, outros e muitos,
Contando histórias
Para aqueles que são de outros tempos
E não sabem, mas cospem
No prato que comem.

Carlos Cardoso

Infância longínqua

Infância longínqua, como lamento,
Teres ficado lá além, perdida
E neste caminhar, neste andamento
A que convencionaram chamar vida,

Tantas vezes te choro e invento,
Tento sentir como outrora fundida,
Em mim, a alegria, qual instrumento,
Da suave paz lá tão longe sentida.

Choro e quero e grito, mas sei
Que o meu lamento ecoa em vão
À infância querida não voltarei.

Mas por um momento, meu coração,
Voou sem amarras e eu desejei
Ouvir de novo minha antiga canção.

Alda Batista

Cavalinhos de carrossel

Cavalinhos de carrossel
Recordação de infância perdida,
Marcam encontro comigo
Naquele jardim da vida.

Adivinho-os ao longe, garbosos,
Suaves transportes do sonho
Cavalos lindos de quimeras
De infância simples sem escolho.

Paro a olhá-los, embevecida
E desabo na crua desilusão
Quedo-me a chorar, dorida,
Cavalinhos tombados pelo chão.

Dossel mutilado, rédea partida
Ferro corroído, sela descolorida
Dos cavalinhos jazem somente
Meias metades do par sem vida.

Desvio os olhos, nada quero ver
Mas, ao lado, há um menino,
Rebolando na relva fresca, feliz.
Nada vê desta dor, o pequenino,
Felicidade de ainda ser petiz.

Alda Batista

Dia a dia

Navegando na turbulenta maré do quotidiano
Com os meus remos nem reparo
Se estou remando.
Lutando contra tudo e todos, os meus sonhos garimpo.

Com a verdade confronto a vida
Fazendo do amargo presente
Um futuro doce e risonho simplesmente.
Passo por onde passo
Paro, fecho os meus olhos
Abro os meus ouvidos,
A minha boca não calo.

Assim conquisto velhos e novos inimigos
Pela mesma razão, tenho feito vários amigos,
Não estou nem aí.
Ai de mim se não fosse assim
Nem estaria mais aqui,
Pois seria com certeza o meu fim.

Carlos Cardoso

Alívio

Sorridente acordei
Do pesadelo ontem vivido,
Em nada acreditei
Mas me deixou convencido!
Tão real me parecia
O que na verdade
Era simplesmente aparência
Jogando contra a minha fragilidade.
Sorridente estou
Por acordar,
Descobrir quem sou
E que afinal só estava a sonhar...

Carlos Cardoso

Vento salvador

Nos olhos o clarão de um sonho puro
Nos lábios o mel da perseverança
Na mente um ambicionado futuro
No coração uma nascente esperança.

Dois olhos vivos e despertos
Seguindo a tentativa da salvação
Dois passos firmes e certos,
Mas inesperado turva o coração.

Uma nuvem escura que passa
Dois olhos prestes a desfalecer
Dois lábios que o amargo amassa
Passos já incertos a desvanecer.

Mas de longe um vento ameno
Sopra embora a negra nuvem
Voltejam aves no céu sereno
E podes prosseguir tua viagem.

Alda Batista

Silêncio

No silêncio
Escuto o suplicar
Do meu amargurar.
O suplicar que ao hospício
Diversas vezes tentou
Sem sucesso me levar.

No silêncio,
Descubro o caminho
Que me leva ao fim
Deste princípio
Recebendo na vida o carinho
Dos que acreditam em mim.
No silêncio,
Levo comigo
Na minha conquista
O sonho antigo
Que sustenta o meu vício.

O silêncio é a arma
Que uso para me proteger
Desse mundo sem calma,
Vivendo no amor e paz
Sem me perder
Nem olhar para trás.
Silêncio é o grito que me liberta!

Carlos Cardoso

Meu sonho

Sou um sonhador
meu maior sonho
é ter a liberdade de sonhar
contribuindo em prol
de um mundo melhor
seguindo todo o protocolo
do rosto risonho
onde todos aprendem a amar
e perdoar.
Mesmo sem asas poderem
em busca da felicidade voar.
Meu sonho
é viver sonhando
mesmo acordado
na dura realidade
e não tristonho
mergulhar na profundidade
do meu sofrimento!

Carlos Cardoso

Soberba
(tributo a L. de Camões)

A soberba é fogo que se vê sem arder;
É chaga que acumula sem estar assente;
É ser superior sobre quem inferior sente;
É a arrogância que domina sem vencer.

É um não querer mais que só a si querer;
É orgulho que anda por entre a gente;
É uma altivez de baixeza tão presente;
É cuidar que se alcança em se pretender.

É querer muito ostentar para apoucar;
É servir a quem consta ser vencedor;
É intolerância entranhada tolerar.

Mas não poderá o coração com fervor
A soberba dessas gentes exterminar,
E no seu seio acolher o singelo amor?

Alda Batista

A minha sociedade

Cansado da vida vazia
Lutando pelo futuro
Neste mundo de incertezas
Dominado pelo poder da hipocrisia
Onde os poderosos
Sem dó nem piedade da maioria
Se preocupam em se apoderarem de bens e da terra
De outrem, cuidando do seu presente
Simplesmente.

Ao sol, na escuridão do meu viver
Entre as entranhas da população
A luz rumo à lua procuro.
De mão em mão
Com o resto da multidão
Partilho o meu sofrer.
Cá de baixo, enxergo
O que os de cima nem ousam imaginar.
Me questiono:
Se o mundo é redondo,
Porque não volta e inverte a situação?...

A minha sociedade está contaminada
Num beco sem saída
Detetadas moléstias
E profundas feridas
Causadas pelo egoísmo e a ganância
Dos ogres por nós escolhidos
Com os nossos próprios gritos.

Carlos Cardoso

Pobre rico

Nasci pobre
Numa família nobre,
Vivo de salário
Por não ser empresário.

Só trabalho
Por ser empregado,
No entanto sou milionário.

Por não ser iludido
Com milhões de amigos
Preservo os valores antigos
Sendo feliz e bem-sucedido.

Carlos Cardoso

Restaurante

Pelo restaurante da praça
gente apressada estugava o passo
na pressa rápida, azafamada
de hora de ponta em cidade pequena.

Dentro moçoilas disfarçadas
"*garçonettes*" à italiana
corriam, zumbiam, chocavam
por entre clientes esfomeados,
sedentos do *ossobuco*,
dos *penne* mal passados,
ou da *pizza* escaldadiça,
a tresandar a *pepperoni*.

Corre, corre, leva, leva,
tilinta a campainha:
"Meninas, a *Napoletana*,
prontinha a servir".
"Faz favor, a sua *pizza*"
com molho de sorriso
para a gorjeta induzir.

Falta pratos, leva pratos
e talher de sobremesa,
para o doce, o Tiramisu
deleitoso de certeza.

Tarda o *carbonara*
da seis que desespera.
Há meia-hora pedido
estão ainda à espera.

Que agitação! Três *espressos*!
mais *macchiato* e *cappuccino*.
E a máquina que desfalece!
Café já não há, oferece *grappa*
para esquentar o caminho.

Tarefa, transpiração
O ordenado no dia trinta!
E a conta não tirada
da sete já saciada,
a que estava tão faminta.

Vamos a somar.
(Vontade de sumir)
O cliente apressado
por estar atrasado
fica desesperado.

Indolentemente,
o poeta chegou,
viu, entrou,
comeu, refastelou,
vendeu um livro,
sossegou.
Disse para verem poesia
no que há em qualquer lado.
Engoliu um palito
E arrotou!

Alda Batista

Apelo aos jovens

Não sejam apressados
Mas também não durmam no tempo.
Façam hoje antes que amanhã passe despercebido
Tornando o seu ontem em pesadelos,
Perturbando os sonhos já existentes
Na era dos nossos antepassados.

Carlos Cardoso

É tempo

O tempo tem o seu ritmo próprio, sem pressas nem atrasos
Das nossas preocupações não se compadece um segundo
Quantas vezes prostrados, suplicamos que um instante pare,
E outras tantas que apresse a sua passagem pelo mundo.

Indiferente e implacável, bramindo sua incorpórea batuta
Avança Chronos no seu andamento previamente ritmado
Surgido no início dos tempos, formado por si mesmo,
Decide um novo dia conceber quando o outro está finado.

Neste suceder mecânico, neste surdo andamento
Nascem frustrações por não o podermos controlar.
Na ânsia de tudo obtermos a nosso contentamento
Como aceitar dever o tempo do tempo respeitar?

O tempo voa, diz meu amigo, o tempo não perdoa
Seu ritmo jovem, sua energia, arrastam no compasso
As hesitações e marasmos dos que muito já viveram.
É tempo de o tempo se nos juntar num estreito abraço!

Nesse momento, o velho tempo de branco barbudo
Olha-nos, mortais, com suas cabeças sem compaixão
Simultaneamente homem, touro e leão, ele decide
O tempo esquecer e viver connosco da vida a paixão.

Alda Batista

Tudo um pouco

Na correria do quotidiano
Lentamente em banho-maria
Levo o meu dia a dia.
Com muito tormento e sem lamentos
Vejo nada em tudo,
Luto contra todos
Vivendo no meu próprio mundo.
O mundo que lá no fundo
Gostaria que não fosse só meu
Nem tão pouco só teu!

Todos nós temos de tudo um pouco
Resta-nos fazermos do pouco o nosso tudo
Contribuindo com serenidade
Para o bem-estar da nossa sociedade
Agradando alguém
Sem afetar outrem.
Se o fizermos
O pano branco erguer devemos
Pela cura do nosso doentio ego
Nesse mundo que não é meu
Nem tão pouco teu.

Eu sou, tu és,
Somos todos
A ferramenta,
Um humilde poeta,
Para o ser
Não é necessário formação,
Basta ter coração
Manter no chão os seus pés
E a mente aberta
Em todos os momentos.

Carlos Cardoso

Vida do emigrante

Muitos na Europa
Trabalham noite e dia
Sol e chuva a vida inteira.
No país de origem
Férias só de vez em quando
O preço exorbitante da passagem
É uma das causas.

Na terra construir, se mantém o sonho
Que na verdade
A dura realidade
O persegue que nem feiticeira.
No quotidiano o pensamento ganha asas.
Ao fim do dia, nas pernas
O cansaço e o desgosto
De mais uma jornada
Produtiva para outrem.

A esperança é trabalhar, trabalhar até reformar
Para poder à terra natal regressar.
Meus amores, um simples aviso
Daquele que é vosso amigo.
A vida é como uma fruta madura
Cai na altura certa para ser consumida
No momento exato,
Não deixar para amanhã
O que se pode hoje executar.

Carlos Cardoso

O que chega sem ter partido

Emigrante, o que chega sem ter partido
O que quer encontrar por ter perdido,
Ou nunca ter tido, por não poder almejar
Na terra sua pátria nos seus anseios voar.

O que atravessa fronteiras sem enxergar
Que os limites reais estão por revelar,
Veladas na alma a sangue se tracejam
As estremas da dor sem que se vejam.

Dissipado entre gentes e terras vagueia
Tece os fios de laboriosa infindável teia
Pelos lugares e pelos momentos desliza
No espaço e tempo da vida que eterniza.

Parte para encontrar mas sem se perder.
Ensejo irrealizável, ilusão a desvanecer
Cá deixa a alma para lá buscar o sonho
Tropeça no mundo, desengano medonho.

Os dias ensinam, os anos confirmam
Em cada regresso seu, mais desenraízam.
Presenças amadas são desaparecidas
As paisagens reinventadas, reconvertidas.

Até o linguajar das gentes é diferente!
Vida de passagem à saudade rente,
Sem âncora porque longe ficou o mar,
Sem domicílio porque abrigo não é lar.

Alda Batista

Minhas gentes

Porque duvidamos do amor
Do próximo pelo outro.
Independentemente das diferenças.
Porque não acreditar num sofredor.
Como lutar pela paz,
Se ninguém nada faz
A não ser criticar quem pela esperança
Atrás dos sonhos vai ao encontro.

Chega de gentinhas
Cheias de manias.

Seja lá qual for o porquê
Precisamos é de gentes
Que queiram à terra
Lançar sementes,
Cuidar e colher frutos.
Pessoas inovadoras que abertamente
Se atrevem a exprimir o seu descontentamento
E partilhar o que têm na mente,
Em prol de uma sociedade melhor,
Se possível sem rancor.

Carlos Cardoso

Valor do não

Muitas vezes digo não,
Abro a mão
Do que mais gosto
Para evitar o desgosto
Que o sim me poderá causar.

"Dispôs di sabura, morte é cá nada"
Que tal o saborear
Se mantendo vivo...
"É si mé, mi cá mêsti morri gossi
Pamódi amanhã també tem".

Mas não deixes para amanhã
O que podes hoje fazer.
"Mi é cá dodu, dia d'aoji é d'aoji
Mas amanhã també tem.
Dêxam vivi di nha manêra.
Non també é rasposta
É cá por si."

Carlos Cardoso

Liberdade (1)

Luz que
Ilumina a
Boca
Esmagada!
Ruge
Desesperada
A
Dorida
Esperança.

Alda Batista

Liberdade (2)

Pássaro aspirado,
És sonho desejado
De eterna bebedeira de cor.
És símbolo profético
Do que há tanto procuro.

Ah, quando te vejo,
Que vontade tremenda
De desprender-me
E voar!...

Alda Batista

Caminhos de São Tomé e Príncipe

São Tomé e Príncipe
Duas sementes
No meio do oceano Atlântico
O menor país africano
Abençoado pela natureza simples
Maltratado pela sua própria gente
Vivendo no seu todo uma vida madrasta
Onde o sofrimento não tem limite nem data.

Carlos Cardoso

São Tomé e Príncipe

São Tomé e Príncipe, duas ilhas lindas
de gente humilde e acolhedora
o fruto que esconde a sua beleza
por detrás da pobreza.
Não tem Rei, nem Príncipe
apenas santos, António e Tomé.
Perdido no oceano
sobre a linha do Equador
no golfo da Guiné
suplica a sua dor.

Rico por natureza
pobre com certeza
sempre na esperança de um dia melhor.
Enfim, assim é a minha terra
São Tomé e Príncipe.
O paraíso
das ilhas verdes,
vagueando sempre com o mesmo sorriso
no universo de saudades.
Esta é a minha Terra
Filhas sem pais,
maravilhosas e muito mais,
é o meu país,
duas Ilhas que me viram nascer
e me doaram o saber.

Por ambição,
a minha imaginação
ao além levei,
mas um dia voltarei.

Para trás saudades deixei,
amores e desamores causados
tudo e todos abandonei...
Jamais poderei esquecer
o dia da partida,
já sabia que era a minha ida,
mas não queria adeus dizer,
e a Deus perguntei.

O que fazer?
Até então sem entender
fiquei.
Porquê a minha Terra
ter de abandonar,
sabendo que na era
tudo eu lá podia encontrar?

Carlos Cardoso

A minha bandeira

Do verde a exuberante vegetação,
As nossas florestas virgens
Imaculadas e selvagens
Apaixonante, simplesmente a pura tentação,
Eloquente beleza
Na imensidão da natureza.

Entre os montes e montanhas
Nascem árvores
De pequenos e grande portes,
As mesmas que as cobertam de formas indefinidas.
O amarelo especificando a riqueza da nossa produção
Aquela que brota muitas vezes, por obra do espírito santo
Milagrosamente do chão
Dando-nos frutas da estação do ano,
Servindo de alimentação
Para a nossa humilde população.

No vermelho, expressamos o sangue dos nossos libertadores
As duas estrelas pretas representam
as nossas maravilhosas ilhas
Eis o sentido das cores que representam o meu país
Vagueando pelo mundo, voando sem asas
Eis a folha justificando a raiz,
Dos lugares encantadores.

A minha bandeira
É o símbolo que carrego no peito.
Levando o amor do leito
Vivendo à minha maneira.

Independência total,
O glorioso canto do povo
Assim cantamos
O nosso hino nacional.
Totalmente independentes, nunca fomos,
O canto é do povo, mas a glória
Continua sendo para a minoria.
País soberano
De São Tomé e Príncipe
A soberania ainda está a caminho
Passando por todos os lugares, exceto o meu ninho.

Rico São Tomé e Príncipe.
Somos muitos os são-tomenses
Orgulhosos pelas cores que erguemos
E o saudoso hino que cantamos.
Os mesmos que também, na pele
Sofrem pelo mau papel dos seus amantes,
Que simplesmente insistem em desempenhar
Nesta terra coberta pelo mar
E descoberta pelos navegadores portugueses.
Em palavras, suplico a união
Somos todos primos sim,
Juntos somos mais,
Pois seja mais um, que nunca é demais
Lutando por um futuro não comum
Pondo um fim
Dando uma nova vida
Ao paraíso que nos viu nascer
E nos doou o saber.

Carlos Cardoso

Mátria

Não sou minha nem tua,
Não sou rainha nem tenho rei
Não sou de terra nenhuma
Pois foi no mar que me gerei.

Germinei da espuma largada
Pelo suor dos antepassados
Quando na nau esforçada
Mataram medos arraigados.

No enrolar da onda me fiz tudo
Nos mistérios profundos me criei.
Fui alimentada pelo azul mudo
Até que na praia me espraiei.

Pátria terra não tenho em mim
A minha é mátria e vem de mar,
Ventre líquido de água sem fim
E flor de sal no peito a derramar.

Alda Batista

Saber viver

O segredo da vida
É saber ser.
Nós somos o que sentimos, pensamos
E o que acreditamos.
A vida é um percurso infinito
No qual o presente
É o primeiro passo
E a meta é o futuro
Que o tempo inteiro,
Se mantém ausente.

Nesse percurso,
Deparamo-nos com obstáculos.
Só o que pensamos
E sentimos decidirá a facilidade
De alcançarmos a nossa felicidade.

Nós somos o dono do nosso destino,
Tudo o que precisamos
Se encontra no universo
Saúde, amor e fortuna.

É só lutarmos e acreditarmos,
Que os nossos sonhos
Se realizarão.
Para o universo,
O nosso desejo é uma ordem.
O ser sonha, a obra nasce, cresce
E nunca morre.

Carlos Cardoso

Impresso em Lisboa, Portugal, por:

CHIADO
P R I N T